JÉROME BUTEUX

ET LE PÈRE CHOPIN

AUX BARRICADES.

Récit véridique des trois journées mémorables,
en vaudevilles;

PAR J. A. GARDY.

SUIVI DE

La Parisienne, par M. Casimir Delavigne.
Les Journées mémorables de juillet, par M. Cadet.
L'Artillerie de Montrouge, par M. Pierre Colau.

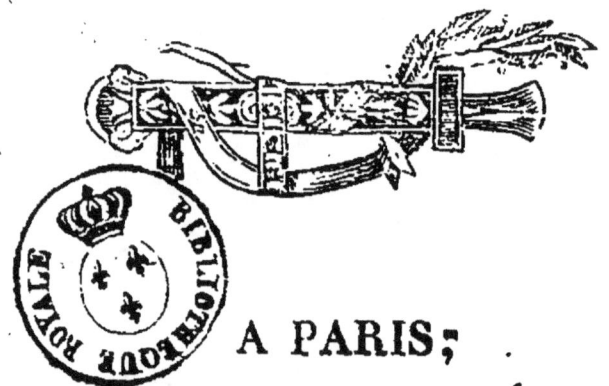

A PARIS;

CHEZ GAUTHIER, EDITEUR, RUE MAZARINE, N° 49.
VEZARD, LIBRAIRE, PASSAGE CHOISEUL, N° 46.
1830.

JÉROME BUTEUX ET LE PÈRE CHOPIN.

JÉROME BUTEUX

ET LE PÈRE CHOPIN

AUX BARRICADES.

———◆———

LUNDI 26 JUILLET.

Air : Tout le long de la rivière.

Eh ! mais, Jérôm' qu' m'apprends-tu-là ?
— C'est l' Moniteur qui m'a dit ça.
Quoi ! l'ordonnance * se proclame !
Ell' croit donc cette engeance infâme,
Qu' j'allons tomber à ses genoux ;
Et perdr' nos libertés à tous ?
Ça n' prendra pas, comme Charlot le pense,
Car j' voulons tous le bonheur de la France ;
Oui, j' voulons tous le bonheur de la France.

Même air.

Connais-tu la mère Chopin ?
Son mari qu' est un vieux lapin,
Me disait en buvant la goutte,
J' veux qu' le diable m' mette en déroute,

* C'est l'ordonnance du 25 juillet, rendue par Charlot pour nous bâillonner et nous garrotter; après ça la calotte et lui auraient fait de nous ce qu'i's auraient voulu.

Si j' souffrons de pareils abus,

D' Rois jésuites, j' n'en voulons plus.

A notre tour rendons une ordonnance,

Pour qu' ces Rois-là ne règnent plus en France,

Pour qu' ces Rois-là ne règnent plus en France.

MARDI 27 JUILLET.

Air : *Du Ménage de garçon.*

Dis-donc, Jérôme, ai-j' la berlue ?

Que vois-je de tous les côtés ?

Je vois au coin de chaque rue,

Des Suiss', des gendarm' apostés.   (*bis.*)

Charlot, dans son humeur traîtresse,

Veut-il donc nous bloquer cheux nous ?

— Non, vois-tu, c'est qu'il rêve sans cesse,

S'il ne f'ra pas quelques mauvais coups.

Air : *De la Sentinelle.*

J'entends ce cri, qu'aime tout bon Français ;

De ce refrain jamais je ne m'écarte ;

Et je verrais passer tous leurs boulets,

Qu'on m'entendrait crier : vive la Charte !

A ces Bourbons nous somm' accoutumés,

Depuis quinze ans ce cri leur caus' d'alarmes.

Aussi de fureur enflammés,

Ils accueill'nt nos vœux exprimés,

Avec le sabre des gendarmes.

Air : *Du Pas redoublé*.

Le bruit redouble, et le tambour
   Partout se fait entendre ;
Je crois qu'avant la fin du jour,
   Nous allons, en apprendre.
Allons, amis, faut s' dévouer
   Pour venger nos injures,
Et c'est à nous de secouer
   Le panier aux ordures.

Air : *Du Vaudeville de l'Avare*.

Quel tableau mouvant se déroule ?
Vers nous, de colère écumant,
Un escadron pousse la foule,
Qui s' dérobe aux coups en fuyant. (*bis.*)
Oh ! mais quelle grêle de pierres
Sur lui bientôt vient à pleuvoir,
C'est vraiment un plaisir de voir
Comme on lui taille des croupières.

Air : *Silence, silence*.

Aux armes ! aux armes ! aux armes !
Entends-tu l' signal des alarmes ?
Pour nous présenter en guerriers,
Courons vit' chez les armuriers.

Air : *D'Aristippe*.

D' la mort j' voyons partout la trace,
Entendez-vous l' canon r'tentir ?

On apport' déjà sur cett' place
D' la liberté, l' premier martyr.
Sur son corps, d'un' voix unanime,
Français, faisons tous le serment
D' venger cette auguste victime *,
Et d'imiter son dévouement.

MERCREDI 28 JUILLET.

Air : *Trouverez-vous un Parlement ?*

Bravant vos décrets inhumains,
Tyrans, le grand peuple s'avance ;
Le sang répandu par vos mains,
S'élève et demande vengeance !
Quand vous deviez nous protéger
Contre leurs trames sanguinaires,
Soldats, vous venez égorger
Nos femm', nos enfans et vos frères !

Air : *de Marianne.*

Sans perdr' du temps, aux barricades,
Avec zèle, amis, travaillons,
Formons de bonnes palissades,
Avec pavés, planch' et moellons.
Qu' abr' abattus
Et qu'omnibus,

---

* Le 29 juillet, à huit heures du soir, j'ai entendu
moi-même faire ce serment sur un cadavre apporté
sur la place de la Bourse.

Sans tarder plus
Fass'nt de fortes barrières,
    Et puis cheux vous
    Retranchez-vous,
Et d' vos toits lancez des pierres
    Sur tous.
Paris, qu' ton courag' te délivre,
Il n' suffirait pas de t'armer,
Il faut encor les assommer,
    Pour leur apprendre à vivre.

Air : *du Maçon.*

Bons ouvriers, vous qu' la patrie,
En c' moment appelle à son s' cours,
Par votr' courage d' votre vie,
Vous allez illustrer le cours.
Les tyrans s' rappell'ront sans cesse,
Lorsqu'ils comptent sur votre faiblesse,
Qu'ici chacun d' vous travailla,
    Du courage,
    Du courage,
   Les enn'mis sont toujours là.

Même air.

Où sont-ils à présent ces traîtres,
Qui donn'nt l'ordre d' vous décimer ?
Où sont ces cagots et ces prêtres
Qui prétendent vous opprimer ?

Dans leurs palais les uns mugissent,
Dans leurs cachett' les autr' pâlissent;
Mais leurs satellites sont là;

   Du courage,

   Du courage,

Les enn'mis sont toujours là.

Air : *Pégase est un cheval qui porte.*

On nous dit que dans cette affaire,
Les charbonniers n' paraîtront pas;
Mais moi je pense le contraire,
Il est d' brav's dans tous les états :
D'ailleurs plus que personne au monde,
Ils doivent s' montrer dans nos rangs,
Car nous savons tous à la ronde,
Qu' les charbonniers ne sont pas blancs.

Air : *Toujours de bout, toujours en route.*

JÉROME.

Voici v'nir un jeun' volontaire,
Écoutons l' récit qu'il va faire,
Il a vu les combats de près,
A ses discours nous pouvons croire.

LE JEUNE HOMME.

Oui, mes amis, oui, la victoire
Nous promet un brillant succès;
Nous triomphons de tous côtés;

Sur les quais, à l'Hôtel-de-ville,
Dans tout Paris, c'est un feu de file.
Les vils gendarmes terrassés,
Les gardes royaux repoussés,
A nos héros cèdent la place;
Les Suisses nous demandent grâce;
Et de nos droits fermes soutiens,
Les Elèves *, des Parisiens
Viennent seconder la vaillance.
O vous, jeune espoir de la France,
A notre amour, quels droits acquis!
Vous défendez votre pays,
Ses droits ou son indépendance;
Un nouveau jour pour nous commence!
Le drapeau d'Arcole est planté,
C'est l'astre de la liberté!

CHŒUR.

Air : *De la Marche parisienne.*

L'heure a sonné d' notr' délivrance,
Ell' nous appelle au champ d'honneur;
Lorsqu'il s'agit d' sauver la France,
Il faut combattre avec ardeur.
Amis, n' perdons pas la mémoire,
Ils reviendront ces jours de gloire!

* Les élèves de l'Ecole Polytechnique, de l'Ecole de Droit, etc.

« En avant marchons
» Contre leurs canons,
» A travers le fer, le feu des bataillons,
» Courons à la victoire. »

JEUDI 29 JUILLET.

Air : *Du vieux drapeau.*

J'entends , sur la ville immortelle ,
De Bellone tourner l'airain ;
Je vois le peuple souverain
Combattre encor pour sa querelle.
Ce jour va terminer nos maux;
Le ciel protége notre cause;
Ah ! lorsqu'un sang si pur l'arrose ,
La terre enfante des héros.

UN ÉLÈVE, *un drapeau tricolore à la main.*

Air : *La Victoire.*

La victoire est à nous ;   (*bis.*)
Paris, par son courage,
Du plus vil esclavage,
Nous a préservés tous.

Air : *T'en souviens-tu ?*

Jours de terreur, de vaillance et de gloire !...
Tant de hauts faits, noblement illustrés !
En traits de feu, les pages de l'histoire
Les rediront aux siècles reculés.

Quand des tyrans, ô peuple magnanime,
Qui t'accablaient sous un joug détesté,
Tu sus braver les fureurs et le crime.....
Tout répondait au cri de liberté.

De tommeil, glorieuse patrie,
Tu viens enfin, pour toujours, de sortir.
Seize ans d'efforts d'une coûr avilie,
N'ont amené qu'un jour de repentir.
Depuis seize ans, ces traîtres sur la France,
Régnaient encor, par un droit acheté
Avec notre or et notre indépendance,
En étouffant le cri de liberté.

Plus de tyrans, plus de sujets d'alarmes,
De tous ses droits un peuple est investi.
Nos oppresseurs sont en fuite, et nos armes
Nous défendraient contre un roi de parti.
Oui, nous jurons, sur la tombe des braves,
Et sur le sol encore ensanglanté....
Oui; nous jurons de n'être plus esclaves,
Ou de mourir pour notre liberté.

Air : *Prenons d'abord l'air bien méchant.*

Pour les Français, jour glorieux!
Du despote on apprend la fuite,
Saint-Cloud a reçu ses adieux;
Nos braves sont à sa poursuite.

D'Orléans, daigne l'accepter,
Nous te décernons la couronne;
Tu seras fier de la porter,
Car c'est la France qui la donne.

LA PARISIENNE,

PAR M. CASIMIR DELAVIGNE.

Peuple français, peuple de braves,
La liberté rouvre ses bras;
On nous disait : soyez esclaves!
Nous avons dit : soyons soldats!
Soudain Paris, dans sa mémoire,
A retrouvé son cri de gloire :
    En avant, marchons
    Contre leurs canons;
A travers le fer, le feu des bataillons,
    Courons à la victoire.

Serrez vos rangs, qu'on se soutienne!
Marchons! chaque enfant de Paris
De sa cartouche citoyenne
Fait une offrande à son pays;
O jour d'éternelle mémoire!
Paris n'a plus qu'un cri de gloire:
    En avant, etc.

La mitraille en vain nous dévore,
Elle enfante des combattans;

Sous les boulets voyez éclore
Ces vieux généraux de vingt ans.
O jour d'éternelle mémoire !
Paris n'a plus qu'un cri de gloire :
    En avant, etc.

Pour briser leurs masses profondes,
Qui conduit nos drapeaux sanglans ?
C'est la liberté des deux Mondes,
C'est Lafayette en cheveux blancs.
O jour d'éternelle mémoire !
Paris n'a plus qu'un cri de gloire :
    En avant, etc.

Les trois couleurs sont revenues,
Et la colonne, avec fierté,
Fait briller à travers les nues
L'arc-en-ciel de la liberté.
O jour d'éternelle mémoire !
Paris n'a plus qu'un cri de gloire :

    En avant, etc.

Soldat du drapeau tricolore,
D'Orléans ! toi qui l'as porté,
Ton sang se mêlerait encore
A celui qu'il nous a coûté.
Comme aux beaux jours de notre histoire,
Tu redirais ce cri de gloire :
    En avant, etc.

Tambours du convoi de nos frères,
Roulez le funèbre signal ;
Et nous de lauriers populaires
Chargeons leur cercueil triomphal.
O temple de deuil et de gloire !
Panthéon, reçois leur mémoire !
    Portons-les, marchons,
    Découvrons nos fronts.
Soyez immortels, vous tous que nous pleurons,
    Martyrs de la victoire.

LES JOURNÉES MÉMORABLES

DE JUILLET 1830.

Air : *de la Marseillaise.*

J'entends l'airain qui gronde et tonne
Sur nos paisibles habitans !
C'est l'affreux signal que l'on donne
D'assassiner nos chers enfans !   (*bis.*)
Entendez la garde ennemie !
Nous aborder d'un feu roulant,
Et du Louvre nous foudroyant,
En se couvrant d'ignominie.
Aux armes, citoyens, formez vos bataillons ;
    Marchons, marchons,
Qu'un sang impur abreuve vos sillons.

Dans ces momens remplis d'alarmes,
Chacun frémit avec horreur,

En s'écriant : courons aux armes !
Dans les transports de la fureur   (*bis.*)
A se venger chacun s'apprête ;
Malgré les feux des bataillons,
De la mitraille et des canons ;
Comme un torrent, rien ne l'arrête.
Aux armes, etc.

Du pont des Arts un feu terrible
Contre la garde est soutenu ;
De tous côtés, même à la Ville,
Le soldat se trouve vaincu.   (*bis.*)
On le poursuit, on le harcelle
De rue en rue dans les faubourgs,
Par les croisées, du haut des tours.
Jamais victoire ne fut plus belle.
Aux armes, etc.

Nous avons vu ce jour de gloire
Pour nos Français, nos citoyens,
Partout, pour eux, c'est la victoire
Qui les conduit, qui les soutient !   (*bis.*)
Ce carnage est affreux, horrible,
Pour des mourans et des vaincus :
Mais les tyrans sont abattus !
La liberté reste invincible.
Aux armes, etc.

Souffrirons-nous donc que ces crimes
Dans nos fastes soient oubliés ;

Et verrons-nous tant de victimes
Par ces bourreaux être immolées,   (*bis*.)
Sans que leurs noms sur la colonne
Viennent prouver à l'univers
Que nous avons rompu nos fers,
Brisé le sceptre et la couronne ?

Aux armes, etc.

Français, après notre victoire,
Soyons calmes, soyons unis ;
Ne ternissons point notre gloire,
En immolant nos ennemis...   (*bis*.)
Soyons humains, amis sincères
De la clémence et de la paix.
Ayons toujours un cœur français ;
N'oublions pas qu'ils sont nos frères !

Aux armes, citoyens, restons toujours d'accord,
Marchons, marchons,
Ne cédons rien que quand nous serons morts.

                                          CADET.

L'ARTILLERIE DE MONTROUGE

ou

Le dernier accès de la fureur jésuitique, qui provoqua
les ordonnances du 25 juillet 1830.

Air : *de Fanfan la Tulipe.*

A la voix des saints ministres
Du Dieu mort pour l'univers,

Que des présages sinistres
Glacent d'effroi les pervers :
Pour venger le sauveur des hommes,
Bons chrétiens, armez tous vos bras !
    Bravez le trépas,
    Ne reculez pas,
      Sur vos pas,
      Dans le cas
      Où nous sommes.
      En avant !
    C'est Dieu qui l'ordonne ;
    Et quand le ciel tonne,
      En avant !

A cette philosophie
Qui perdit le genre humain,
Les terreurs de l'autre vie
Seules pourront mettre un frein.
Pour les amis de la lumière
De l'enfer allumons les feux !
    Le diable, comme eux,
    Fut présomptueux,
      Orgueilleux,
      Factieux,
      Téméraire :
      En avant ! etc.

Sans en redouter les suites,
Agissons en temps et lieu,

En proscrivant les jésuites,
Quoi! n'ont-ils pas proscrit Dieu!
Mais les anges ont de leurs ailes
Du Très-Haut couvert les élus!
 Des renforts de plus
 Seraient superflus;
  Là-dessus,
  A Jésus,
  Cœurs fidèles.
  En avant! etc.

En vous souvenant, mes frères,
De ne rien faire à demi,
Notez ce qu'ont fait nos pères
A la *saint Barthélemy.*
Sans remords tombez sur l'impie
Qui blasphême un nom adoré!
 Ce crime avéré,
 Sous un fer sacré,
  Préparé,
  Acéré,
  Qu'il s'expie!
  En avant! etc,

Il faut pour fermer l'abîme
Des souterrains infernaux,
Qu'on paye en France la dîme,
Que les biens nationaux,

Retournant à leurs premiers maîtres,
Soient pour nous des gages de paix.
          Point de *si*, de *mais*,
          Suivez désormais
               A jamais,
               Les décrets....
               De vos prêtres.
               En avant ! etc.

  Ne concevez point d'alarmes,
  En suivant nos étendards ;
  N'avons-nous pas des gendarmes
  Pour seconder les mouchards !
Puis Charles Dix est notre père :
Ce bon roi soutient ses enfans.
          Toujours triomphans,
          Ses soldats vaillans,
               Surveillans,
               Assaillans,
               On l'espère.
               En avant !
          C'est Dieu qui l'ordonne ;
          Et quand le ciel tonne,
               En avant !

PIERRE COLAU,
Fondateur de la Société lyrique
des Bergers de Syracuse.

IMPRIMERIE LE NORMANT FILS, RUE DE SEINE, N° 8.